Une psy qui rime !

W0393760

Florence R G

Aurore T

A Chantal,

Imprègnez vous d'un univers flamboyant où couleurs, musiques et émotions s'emmêlent !

Cordialement.

Florence

le 31 mai 2012

ISBN 978-1-4716-4275-3

Florence et Aurore habitent Crisenoy, un petit village de Seine et Marne, lieu d'une rencontre artistique un dimanche particulier.
Ce jour là fut le début d'une complicité artistique entre ces deux femmes dont le métier est de donner aux autres un peu de chaleur et de réconfort. Cette générosité se dissout et s'exprime dans leurs œuvres qui se complètent, s'harmonisent, vibrent à l'unisson.

Florence, née dans le Nord en 1968, **poète** depuis son plus jeune âge, aime les mots, leurs sonorités, leurs couleurs, leurs musiques. L'écriture lui permet d'exprimer et d'évacuer la souffrance qu'elle voit au quotidien.

Aurore, née en Espagne en 1955, **artiste peintre**, découvre la peinture en 2006. Elle fait une initiation avec une camarade, prend des cours pendant deux ans et trouve rapidement son propre style. L'Art de la peinture devient très vite sa nourriture de l'esprit et du cœur, la guide, lui permet de porter un autre regard sur ce monde.

Elles ont pris comme un don cette route qui s'est présentée à elles…

Un grand merci à Florence
pour ce dimanche où nous avons pris la même route.

Je dédie ce livre à mon mari, Joseph, et à ma fille, Eugénie.

Aurore Torchia

Un grand merci à Aurore et à ce qui a fait que cette rencontre soit possible.

Je dédie ce recueil à ceux qui ont cru en moi.

Florence

Je tombe… attrape moi.

Vent silencieux de mon cœur en détresse oublie cette langueur.

Ce crime ignorant son équité implore son pardon au néant de son nom.

Quand l’aube brise la nuit de son hâle velours,

L’oiseau d’argent recueille les cendres d’émotion

De la déchirure sanglante de ce prélude

Au jour fiévreux qu’un espoir hésitant enivre.

Apaisement

Attraction vers le vide, le rien.

Abstraction de toute réflexion.

Seuls les sens se disputent la place du temps, du destin.

Penser l'absolu.

Parler commun.

Injustice

Désir d'un caprice.

Face à ces œuvres sans nom

Le cri d'une victoire : « Perfection ».

Renommée sans retour

D'un fugitif amour.

Drogue impure

Délicate rupture.

Un métier si précieux

Je suis l'âme à l'affût des visages figés,
Des sourires trichés plaqués sur la figure.
Je cherche le plus faux, et le plus affligé,
Celui qui ne dit rien, le plus grave et obscur.
J'effleure fébrilement la pulpe labiale,
J'en palpe les rondeurs, évalue le souffrir.
Je masse le vague à l'âme, affûte le trop mal.
Je saisis le moment propice afin d'offrir
Un peu de bonne humeur et de joie partagées.
Le geste délicat, et non contre nature,
Je murmure tout bas deux trois verbes légers
Et guette attentionné un signe à l'encoignure.
Si la ride se tend, enfin, je me régale,
J'affine le dessin, élime les soupirs,
Je rabote les plis laissés par la morale.
J'exerce de mon mieux, *aiguiseur de sourires*…

Sages indécences du vol des sirènes
Veillez l'ivresse de ses songes amers.
Orages flamboyants des illustres peines
Ne lui refusez pas le don de ses chairs.
L'oraison des temps insouciants ramène
A la raison ses charitables chimères.

Ces Îles dont l'exotisme si suave
Ne t'inspire plus l'ampleur d'un paradis
S'endeuillent de tes rêves voilés et graves.
Les parfums d'encens des tropiques soucis,
Parmes volutes majestueuses, bavent
Leurs senteurs marines, sensuel ennui.

Nourritures célestes dont les écumes
Sauvages apaisent l'ignorance, Dieu
Dans ses espoirs les profane aux vierges brumes.
Les souffles destins que condamnent tes yeux
Implorent la quiétude des amertumes
A ton ombre, Déesse, troublante à Dieu.

Souffles amers des caprices marins
Fantasmes critiques d’une âpre chimère
Apaisement étouffant d'un ancien chagrin
Vide corporel des âmes que libère
Le bal printanier d'une guirlande de feu.
Sucrées et délicates soirées d'un retour
Retour de l'esprit libre de désillusions.
Sous les étoiles danse le cœur d'une étrangère.

Ivresse coutumière des reflux audacieux
Désir froissé d'une sombre litanie
Lutte éternelle d'un moite délire
La parole indécente des ondes sillonnées
Murmure les refrains d'un mousse, d'un enfant.
Stress psychique, sensualité surannée.
Rires, rires, pluie, pleurs, toujours toi ...
Sous les étoiles danse le cœur d'une étrangère.

Réminiscence d'un passé pudique.
La chaine d'argent, envers du décor.
Un regard qui ne veut rien dire, silencieux.
Ces pierres, autel accommodé où les âmes craintives se confessent.
Là se brise passionnément Dieu Mercure.
Droguée de sensations comme pour oublier une solitude.
Accompagnée de quelques notes pour unique liberté.
Sous les étoiles danse le cœur d'une étrangère.

Les valses océanes que danse le conflit du vague,
L'ubris écumeux de ce vaste domaine
Plongent l'immortel dans le temps avenir.
Pour le vol du goéland, les rires d'une larme,
Je pars. Les cils humides trahis par une cécité souillée de phosphènes.
Une incohérente stupeur déchire le mensonge d'une nuit noire.
La douceur flatteuse revêt son cours dans un frisson cotonneux.
Sous les étoiles danse le cœur d'une étrangère.

C'est triste une porte fermée ...

Tu fais celui qui ne sait pas,
Tu vis ailleurs ce souvenir,
Tu as trop mal de tout cela,
Mais rien ne trouble ton sourire.
Il te faudra beaucoup de temps
Pour vivre libre, sans secret
Mais souviens-toi que je t'attends
Ces jours où le soleil renait.
C'est dans tes yeux que tu respires
Ta vie se rythme sur tes pas
Chaque imperceptible soupir
N'est pourtant qu'un peu plus de toi.
Tu vibres si intimement
Que j'ai peur d'être là, trop près.
L'oubli n'est pas un sentiment,
Il est l'ennui de ce qu'on hait.
Tu es trop faible sans mémoire,
Il te faudrait toujours douter.
Tu sais tuer sans rien vouloir
Ce que l'on n'a jamais donné.

Et si un jour tu as aimé
Et si ce jour tout a brûlé
Et si pour ça tu as pleuré
Pars au pays des dix merveilles
Là où la vie n'est qu'un sommeil
Là où l'amour est éternel

La conscience étouffée tu fuis
La beauté, le désir, tu veux
Ces matins silencieux assis
Le café non sucré à deux
Et cigarette après l'amour
Parfum amer de l'impudeur
Lorsque flambant parait le jour
Ton cœur hélas est bien ailleurs.
Je sais le satin de ton corps,
Je sais l'envie dans ton regard,
Ce désir, j'en voulais encore.
Dans cette vie il est si tard,
La nuit trop vite nous enlace
Nous laissant croire à notre rêve.
L'étoile file laisse une trace,
Un peu de nous quand elle s'élève.
Nous n'avons pas eu tout le temps
De se connaitre et de se dire
La force de l'envoûtement
Et le chemin de l'avenir

Et si un jour tu as aimé
Et si ce jour tout a brûlé
Et si pour ça tu as pleuré
Pars au pays des dix merveilles
Là où la vie n'est qu'un sommeil
Là où l'amour est éternel

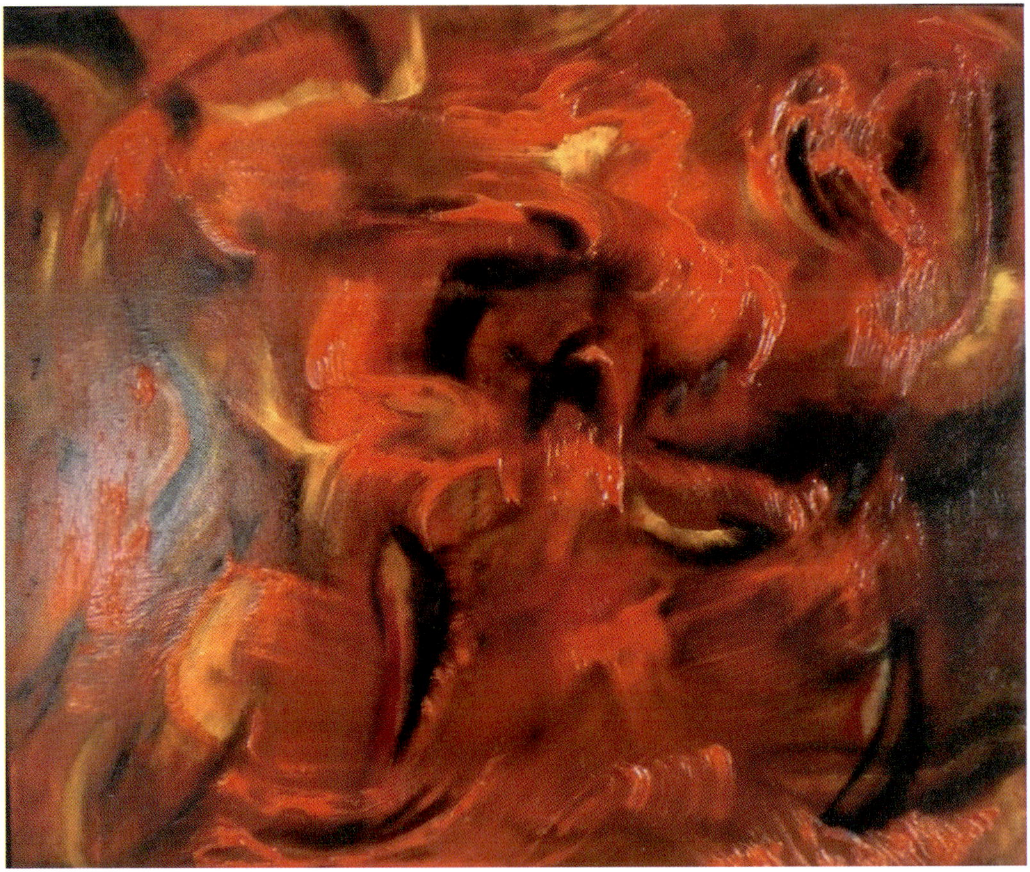

Tu n'es plus là dans mon miroir
Je me regarde sans sourire
J'ai beau chercher dans ma mémoire
Tu as quitté mes souvenirs
Tu es parti dans mon histoire
Emportant mes éclats de rire
Tu n'as donné aucun espoir
Tu n'as laissé que des soupirs

Ton visage semble si loin
Depuis ce temps qui nous sépare
Tu m'avais dit *« on sera bien »*
Je ne demandais qu'à te croire
Mais tel était notre destin
Il a fallu que l'on s'égare
Nous étions seuls au lendemain
Libres pour un nouveau départ

La vie alors nous a menés
Chacun sur un chemin fleuri
Ta voie je ne l’ai pas trouvée
La mienne sans toi s'épanouit
Tu vois comme on peut se passer
De ce que l'on a eu envie
On peut réduire le passé
Le mettre dans les interdits

Et si jamais tu revenais
Il me faudrait n'être pour toi
Qu'une écriture un bout d'essai
Car je veux vivre sans l'émoi
De cet amour notre secret
Les pages sont tournées parfois
Nostalgie et parfois regret
Pourtant il était une fois ...

Violences aux passions

C’est l'angoisse aliénée
C’est l'absence déchirée
C'est toutes les larmes d'un temple
Parmi la quiétude de l'art
C'est vers les cieux épars
La plaine du bel exemple

Ô le digne et juste printemps
Cela ressemble à l'attente future
Que l'aube épanouie prétend ...
Tu croirais sous l'orage flagrant,
Le fracas pénible d'une déchirure.

Cette flamme qui te méprise
En cette solitude indécise
C’est la notre n'est ce pas ?
La mienne, dis, et la tienne
Dont se fend l'exotique haine
Par ce frêle amour, sans toi ?

Belles et courtisanes

Savantes ou mégères, ces mondaines sont
Femmes au regard fier et au très large front,
Portant parures vraies et superbes bijoux
Ornant tout en secret, la blancheur de leur cou.

Brillantes et amies, ces dames sans façon
Donnent sous leurs habits des plaisirs polissons.
Elles vibrent souvent, face au prince à genou
Qui amour demandant tel un tendre filou.

Mais ces belles toujours, ne quittent qu'au matin
Leur amant d'un seul jour, pour un autre coquin,
Et là haut dans leur tour, elles chantent pour nous.

Et nous disent l'amour, les jouissances du corps
Les délicieux parcours, que paye un peu d'or.
Sous leurs sages atours, sommeillent des passions.

C’est toi le chérubin, lui dit le diablotin ?
Je croyais que l'ange même au ciel est ailé,
Où sont tes plumes d'or, au doux reflet satin ?
Tu vis sur ces pensées que l'homme t'a laissées ?
On te dit chérubin, poursuit le diablotin ?
Mais je te vois vêtu de cet habit doré.
Caches-tu tes vertus ? ... Mais surtout ne dis rien.
Je sais ton innocence et ton divin secret.
Car vois-tu chérubin, confie le diablotin.
J'ai des ailes fumées, et la plume cendrée.
Je vis des cauchemars que l'enfant a rêvés.
Et sais-tu chérubin, prédit le diablotin ?
Un jour tu m'aideras, dans dix ou trente années
Ensemble nous fuirons de la terre brûlée.

Combat passionné

Paradis nocturne
Nacre de ses yeux
Souffle d'amertume
Marbre de ses cieux.

Ambre d'un sourire
Ombre d'un martyr
Force du désir
Angoisse du partir.

Paix sur la colombe
Mort de la palombe
Chant d'une pénombre
Trêve d'une hécatombe.

Coule la rivière
Et vive la terre
Cessent les guerres
Et oublient les mères.

Ouvre tes recueils
Calme son orgueil
Offre-lui accueil
Brise notre écueil.

Comm’ si

Comm' si le temps mourait
Tué par l'ignorance
Comm' si le jour brulait
Artifice souffrance
Comm' si l'enfer vibrait
Aux souffles d'espérance
Comm' si ton corps naissait
Sublime délivrance
Comm' si ta voix hurlait
Dans un dernier silence
Comm' si tu désirais
Juste mon innocence
Comm' si tu condamnais
Mes tendres indulgences
Comm' si tu me quittais
Défiant ton impuissance.

Couleur femme

La femme est un joyau aux reflets de son âme,
Sculpté par ses soupirs, au gré de ses humeurs.
Elle vibre et s'irise, palpite de couleurs,
Capte les nuances du froid et des flammes.

Leurs joues sont des rubis que la gêne empourpre.
Le rebondi charnu, pudiquement rosit.
L'éclat du diamant pétille quand elle sourit,
La langue s'égarant sur la bouche en poupe…

Elle porte en son regard le profond de l'onyx,
Voilant chaque secret, dominant en Phénix.
Mais la rage se noie dans l'iris émeraude…

Elle a le geste sûr, à sa main délicate,
Dont la force se mêle à la chaleur agate.
Elle a cette **couleur** qu'elle ne garde qu'en fraude…

De toi à lui

Peux tu seulement voir au delà mon sourire,
Les rires disparus que tu me rappelles,
Cette nuit suspendue à un bout de ma vie,
Ces mots et ces gestes que je n'aurais pas du ?
Il avait ton âge, ton esprit, ton accent.
Lorsque je t'écoute, c'est lui que tu parles.
Chacun de tes gestes me le rend si présent.
Je crains chaque regard que tu poses sur moi,
Si peur de lui céder, et me perdre pourtant,
Car l'envie me retient de te prendre pour lui ...

Est- il encore…

Est-il encore des êtres dont le cœur soit saignant,
Désirant une main pour calmer leur douleur ?
Est-il encore des hommes dont le cœur soit sincère,
Offrant aux belles femmes un peu de leur ardeur ?
Est-il encore des sages dont le cœur soit si vrai,
Gardant en souvenir toute leur rancœur ?

Il est un amour dont le cœur est si tendre,
Donnant câlinement un intime bonheur.

Eux

Tout semblait s’accorder aux couleurs de leurs vies.
L’amour les unissait, sans un mot, sans un bruit.
Mais le temps atténue la passion, les frissons.
Les corps s’engourdissent, vivants à demi-ton.

Le chemin est bien droit, celui si rassurant,
D'un quotidien réglé, bien protégé des vents.
Le regard se fixe sur ce bleu-horizon,
Et le pas pressant se fait une raison.

Mais comment ne pas voir, et ne pas désirer,
L'ivresse des plaisirs, l'écho de leurs pensées.
Le vice est si subtil, quand il est interdit.

Quand le corps tout entier a perdu tous ses sens
Pour une autre moitié, voilà bien l’excitant,
Le poison qui permet de se sentir aimé.

Gynécée

Il est un lieu que les hommes ne peuvent atteindre,
Seules les femmes malines y peuvent pénétrer.
Ce village divin engendre des vices charnels;
Les femmes y libèrent leurs fantasmes étouffants.
Et là, un vieillard assis reçoit les confidences
Et semble raconter des histoires féeriques.
Quand il raconte les frissons du plaisir sublimé,
Les femmes ainsi s'enivrent de ces sensations.
Pour celles plus désireuses, le vieillard se soumet
Malgré l'âge qu'il porte, il sait encore les séduire.

Ivresse

"Que la lumière soit !
Et la lumière fut.»
Ce flux de sons dissonants me semble un peu sorcier.
Un chemin sombre dans une forêt d'ombres.
Une magie, moite, susurre un délit.
Le chasseur à l'affût attendra en vain.
Mais voilà que le jour se lève :
Les premiers rayons rougeoyants apparaissent
Et découvrent les feuilles humides tombées après l'orage.
Il a plu.
Etait-ce des larmes ?
Etait-ce des plumes ?
C'était si beau, si tendre. Tout est silence.
Seul le vent fait chanter les feuillages.
Pourtant cela ne ressemble à rien.
Le peintre mythique se trouverait ridicule face à cette nature étrangère.
Le parfum de liberté qu'elle émane est si simple, si vrai.
Aucune vieillesse apparente, aucune ride ne trouble son visage.
C'est elle ... notre Mère.

Le ballet des balles

Une balle blanche vrille et se déhanche,
La voilà qui danse, marque la cadence.
Elle frôle et rebondit sur la piste bleuie,
S'endiable et s'endurcit quand le lift s'enhardit.

Elle s'envole et valse, poursuit son idéal.
D'une révérence elle vise la finale,
Cherche les mauvais coups, se prend pour le grand loup.
Elle vous pousse à bout, elle vibre sans tabous.

Si on s'y acharne, elle joue majestueuse,
On l'a aux sentiments si on la joue flatteuse,
Mais vite elle se reprend comme un' dame frileuse.

Il faut la faire twister, ne jamais la lâcher,
Trouver comment rythmer son swing et la passer.
La balle en bilboquet, bondit, fait son ballet.

Le sable de mes souvenirs

Un sable tiède et doux, foulé par les oiseaux,
Ces habitants des mers, comme des blancs corbeaux,
Un sable humide et frais, ridé par les écumes,
Qui laissent un goût iodé, à ces restes de dunes.

Un sable caressé, par ma peau, par mes doigts,
Etreint et rejeté, comme brûlant et froid.
Un sable de châteaux, que j'ai construits jadis,
Avec pelles et seaux, coquillage et malice.

Une longue plage, semée de souvenirs,
Ce léger vent de mer, qui me faisait frémir,
Ces senteurs marines, parfumées à délice.

Cette étendue bleutée, miroir des nuages,
Où se mêlent les sens, le soleil, la plage,
M'invite à m'étendre, puis me parle de toi…

Mariage bleu

Elle était si belle, la jeune femme en bleu,
Dans sa robe lourde, dans ses souliers de soie.
Son visage d'enfant, était rose d'émoi.
C'était un très beau jour, jour du mariage bleu.

Il était si brillant, le vieil homme vieux,
Dans sa barbe grise, dans son costume droit,
Son sourire ridé, montrait toute sa joie.
C'était un très beau jour, jour du mariage bleu.

La famille était là, parée pour l'occasion,
Quelques badauds suivaient l'étrange procession,
Le buffet étalait des mets si délicieux.

Mais le ciel s'est couvert, la pluie fit effusion,
L'orage détonnait, annonçant la passion.
C'était un très beau jour, jour du mariage bleu.

Nais tu de ces contes et vieilles légendes
Dont les mères chantaient la magie aux enfants ?
De ces histoires, le merveilleux tu gardes.
Ton cœur parle la poésie de ces romans

De la bonne fée bleue, tu as la sagesse.
Les espiègles lutins ont ta joie de vivre.
Comment ne pas te voir en chaque princesse,
Quand contre les dragons, le combat tu livres ?

Les doux elfes inspirent ton envoûtement.
De ton bâton magique, tu suspends le temps.
Ton pouvoir de reine, tu ne le sais que trop ...

Des récits tu tiens l'éternelle jeunesse.
Des écritures tu puises les richesses.
Tel le charmant prince, pour moi tu es héros.

Palais des Dieux

C'est au commencement, quand des rondeurs du monde
Naissaient la terre et l'eau, c'était au temps des Dieux.
Fêtant sur l'Olympe la nature féconde
Déesses et divins faisaient vibrer les Cieux.

Les rires résonnaient, comme un orage gronde,
Le ciel flambait de joie, spectacle merveilleux,
0n entendait des Dieux l'éclat des voix profondes
Invoquant le labeur des six jours fastueux !

Le septième, celui de la contemplation
Laissait couler du mont des larmes d'émotion,
Les pleurs angéliques qui la roche dure inondent.

Ainsi sous la pierre, l'art céleste parait.
Sculptures et draperies sertissent ces palais
Dont l'ornement vivant nous rappelle à ces Dieux.

Promesse

Ainsi soit ce beau jour, autant qu’une promesse,
Car une vie d'amour commence par un "oui" .
Tu sais ce temps si court, pour être toute à lui,
Tu le veux sans détours, il te veut sans faiblesse.
Ainsi soit ton bonheur, autant que de plaisirs.
Au milieu de ces fleurs, des parfums, des encens,
Tu sais que tout ton cœur est pour lui si ardent.
Tu le veux, quelle ardeur! Il te veut, quel désir !
Ainsi soit en cette heure, autant de souvenirs.
Pour vous tout est honneur, ce vendredi printemps,
Premiers pas dans ce chœur, derniers pas émouvants.
Acidulés atours, blanche cérémonie,
A deux sur le parcours d'une nouvelle vie ...
Ainsi soit ce beau jour autant qu'une promesse.

Rappelez-vous ces êtres qui hurlent l'horreur,
Ces déchets trop humains pour être contemplés.
Osez croire leur honte, devinez leur cœur.
La prétention d'être homme vous rend damnés.
Ces misérables aveugles, emplis de frayeur
Vous sourient, dégradant la vertu des années.

Vous marchez trop fiers devant ces malheureux.
Vous êtes le dessein idéal de leurs rêves,
Mais vous détruisez l'illusion de ces lépreux
En chantant que vos Dieux ont violé Eve,
L'outrage du temps n'inquiète plus ces pieux.
Ils ne vous supplient que le sursis d'une trêve.

Ils ont crié l'amour
Trop faux
Ils ont saigné le jour
Trop beau

Seuls, parmi l'insolence de ces sales sourires,
Ces humbles créatures soupirent leurs fautes ;
Ils regrettent ces jours que chantaient les martyrs.
Ils vivent de tendres images qu'ôte
Le rappel de l'amère attention du partir.
Les Dieux ricanent pourtant de l'Olympe haute.

Nus, dépouillés de leur pudeur, ils ne tremblent
De bonheur que lorsqu'un regard passionné
Les surprend. La fuite voilée des temps semble
Suspendre le génie des Dieux erroné
Qui laissent à ces coupables le soin des fables.
Ils destinent ces sages à n'être plus aimés.

Ils ont crié l'amour
Trop faux
Ils ont saigné le jour
Trop beau

Les plumes tombées de l'aile de la tendresse
Ne charment plus ces ombres fantômes des nuits.
L'outrance des pardons ignorés, ivresse
Des regrets murmurés s'enflamment sans un bruit.
Les îles endiablées de leur faible Déesse
Règnent dans le royaume des hommes détruits.

SAPPHO

Que les voutes des cendres de ton cimetière
T'offrent l'illusion d'un idéal trop pur.
Que les murmures ténébreux de mes prières
Saignent, flamboyant de rayons perlés d'azur.
Que les souffles sensuels des anges peu fiers
T'envolent au delà des incestes impurs.
Que l'empire des délices chante l'hier
Des souvenirs éblouis des valses pâtures.
Que l'aube des glaciers déchire la lumière
Du néant exalté des souvenirs obscurs.

Que l'écho de nos inconstances dévolues
Inonde l'ignorance de ton râle mauve.
Que les notes signées de mes doigts sans vertus
Accompagnent l'archet de tes violons fauves.
Que tes chairs coupables de ce meurtre déchu
Sommeillent immortelles sous la blanche alcôve.
Que le souvenir de nos rires disparus
S'oublie au précipice de ces amours sauves.
Que les plumes de sage terreur qu'il a plu
Caressent la transparence des vierges loves.

Que les splendeurs inavouées des simples lys
Effeuillent leur magie à l'antique manoir
Que ton âme ravie apprend avec délice.
Dédales fantômes aux funestes miroirs !
Que le filtre d'ardeur libère ton calice
A l'ostensible dépravation d'un soir.
Que le charme de ton élévation pâlisse
Au ciel parmi les troubles des encensoirs.
Que la foudre divine par ta voie maudisse
L'erreur irraisonnée des tragiques espoirs.

Te connaitre

J'aurais voulu connaitre cet enfant,
Jouer aux mêmes rires, aux mêmes jeux,
Apprendre avec lui les contes, les chants,
Se dire tout et rien, et s’aimer mieux,
Penser comme lui la vie, sans tourments,
Voir dans son regard, et être si heureux,
Partager les copains, les bons moments,
Savoir le parent que je connais peu,
Et comprendre comment l’adolescent
A suivi les détours du chemin bleu.

J'aurais voulu connaitre cet homme,
Aux cheveux bruns, au visage de vie,
Découvrir le revers de ses formes,
La lumière dans l'ombre, pourtant lui,
Lui dire les secrets que l’on gomme,
Les dures paroles que l’on oublie,
Et croire aux lutins des bois d'automne,
Comme avant d’être adulte, d’avoir grandi,
Frémir des mots qui soudain étonnent,
Ceux que l’amour sincère et grave dit.

Tu le sais petit homme
L’histoire de l'enfant
Qui par un soir d'automne
Voit la lune en croissant
Cherche des mains la gomme
Pour effacer le vent
Et l'imaginer comme
Une boule de sang
Une très rouge pomme

21 juillet

Te souvient-il un soir, quand le bleu de l'amour
A mouillé ton regard, quand l'encre de la nuit
A pleuré ton cafard ? Par ce baiser, j'ai fui.
Te souvient-il un soir de ce bleu de l'amour ?

Du feu de ma bouche, j'ai enflammé le jour
Mon corps si farouche, sous ta peau a frémi
Et j'ai avalé la mouche au poison exquis
Du miel de ma bouche, j'ai pardonné le jour.

Il me souvient pourtant de ce ciel trop vert,
De tes caresses jaunes, envoutement câlin.
La parole fut douce, celle de tes mains.

Les souvenirs pourtant me racontent l'hier,
La nostalgie de toi, de ton vague toujours.
Te souvient-il un soir de ce bleu de l'amour ?

A eux…

L'amour…intemporel, suspendu au fil du temps

Puise sa force aux caprices des heures,

Se gonfle et s'amenuise chaque jour,

Chaque matin, chaque soir.

Il joue, se cache, explose, éclot, bouleverse, s'émeut.

Il libère ses parfums capiteux et fleuris

Mêlant le rouge ténébreux au gris flamboyant

Aux essences fruitées du bonheur.

Solide et si fragile…

Mais l'amour, toujours vainqueur, renaît, se fond,

Et ils restent là, fiers,

Unis pour le meilleur et pour le pire.

Les vagues de la vie déferlent et ravalent leur écume.

Elles ne laissent sur leur corps

Que l'empreinte d'une douce caresse…

Blanches, laiteuses, charnelles, *ces nuits*
Qu'efface le sommeil des chaudes femmes,
Trompent la fraîcheur passée de leur charme.
Elle y cherche d'un amour, le fruit.
Blanche, laiteuse, charnelle, la femme…

Noire, féconde, lumineuse, *l'idée*
Que la femme effleure du bout de l'âme,
Lui souffle la clémence au bord des larmes.
Elle y puise le pouvoir sans pitié.
Noire, féconde, lumineuse, la femme…

Jaune, éclatant, libéré, *le rire*
Qu'elle déploie pleinement puis se pâme,
La gorge gaussant égrenant la gamme.
Elle se dévoile dans un sourire.
Jaune, éclatante, libérée, la femme…

Rouge, veloutée, parfumée, *la peau*

Dont les caresses exquises la cament,

La laissant brulante dans un spasme.

Elle suffoque, mérite le repos.

Rouge, veloutée, parfumée, la femme…

Dorée, délicieuse, belle, *l'enfance*

Que franchit l'intemporelle, calme.

La jouvencelle a posé les armes.

Elle grandit et soupire en silence.

Dorée, délicieuse, belle, la femme…

Cauchemars

Sans sens et sans cesse, la pensée se suspend,
Insistante, sinueuse, sensuelle,
Singeant ses souffles sensés et insouciants,
Sans signer ces saignants souvenirs, le sait-il?
Ces sensations senties, insensées, certaines,
Semblent exhaler le frisson et l’ivresse.
Soucieux et sévères, ces songes sont malsains
Serpentueux, saisissants et si sensitifs.
Seule la pensée reste sourde, sans issue.
La sagesse s'efface, et laisse sa place...

Combien de temps encore…

Combien de temps encor' pour répandre ton nom
Sur l'inceste baiser que tes lèvres ont trahi
Sur tes yeux d'homme libre, sauvages démons ?
Combien de temps encor' pour ces amants maudits ?

Que de mystères pourtant troublent tes passions
Lorsqu'à l'aube d'un rêve, déjà tu t'enfuies
Lorsqu'aux rires d'une femme, tu pleures pardon !
Que de mystères pourtant saignent de tes cris !

A l'ombre de tes cieux, j'attends l'ange mortel
A l'oubli de ta voix, j'attends l'aveu cruel.
Pourquoi te désirer, divine déraison ?

Sur des valses vieillies, je te veux immortel
Sur des pages jaunies, je te veux éternel.
Combien de temps encor' pour répandre ton nom ?

Consolation

Je me mets à la place d'un enfant,
Je *dis* qu'ils filtrent une lumière noire,
Connaissez-vous le chant du noir diamant ?
Ils sourient; le la accorde cafard
Symphonise sa vie sur mon piano.
Un âpre brouillard s'excuse à propos
D'un trouble dont il n'est pas coupable.

Les printemps chantent les délices naissances
Des herbes trop tendres des clos émeraude,
Les notes perlées de tes yeux bleu-romances
S'élèvent superbement aux cieux des odes,
Le hâle velouté des chastes essences
Trouble les caprices des pâles iodes.

Les vents libres des farouches servitudes
Perdent la soie de tes pâleurs délicates
Aux brumes souriantes des plénitudes.
Ils vengent le ciel des tristesses béates,
Et se fondent dans l'étang des habitudes.
Que l'âme hurle sa paix, souffrante ouate !

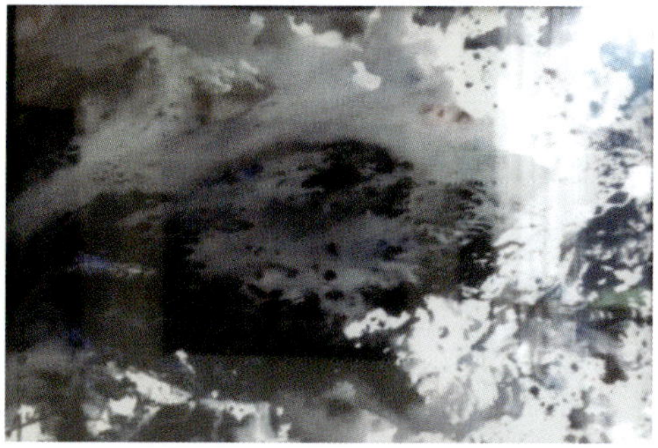

Création

Il a mis l'encre
Dans la mer
Il a mis la nuit
Dans la mer d'encre
Il a mis l'espoir
Dans l'encre de la nuit
Avec la plume d'un ange
Il a gribouillé
Il a percé l'encre de la nuit
Et il a tué la mer.

Sans se vanter
Il a dessiné
L'ombre d'un jour
Il a fait le ciel
Avec un coin de paix
Il a mis les nuages
Dans la querelle
Sans se vanter
Sans se lasser
Il s'est arrêté

Il a mis
Sa main sur son cœur
Il a mis un souffle de vie
Parce qu'il mourrait
Et il a souri
Sous la vie
Sans une chance
Sans se lasser
Et il a pris
La volonté dans son regard
Et il a tout effacé.

Essai

***Noir**:* incision du fruit pulpeux, retard solaire,
Délice charmant des ombres mortes, éclairs.
***Turquoise**:* illusion des cieux les soirs de lune,
Rires fantaisistes des enfants de lagune.

***Rouille**:* table d'ennui pour un homme d'argent,
Murs en grand deuil, pompeux, au regard des amants.
***Jaune**:* couleur du baiser, fièvre des lustres
Refoulés. Femme seule que le mal frustre.

***Incolore**:* glace au miel des bois sucrés.
***Framboise**:* sauge maline aux parfums encrés
***Vanille**:* vague de sable, vieil océan.

***Fuchsia**:* parfum d'un souvenir ordinaire.
C'est là que les couleurs sur la palette crient:
Sinistre cécité pour ces yeux un peu gris.

Eux, il, je, vous…

Vaste domaine
Création humaine
Réflexion
Passion
Bande de cons ...
L’homme est providence
Le malheur la chance
Esprit
Amie
Folie ...
Contempler l'étang
Parcourir le temps
Flamme
Femme
Drame ...
Eteindre le jour
Atteindre l'amour
Solitude Plénitude
Habitude ...

Fantasme

Faire à l'envers le chemin des regrets et croire...
A chaque pas blessé, chercher l'homme si noir,
Ne pas rompre la voie, le séduire des yeux,
Tout dire et espérer, un peu de lui s'il peut...
A l'aube de sa foi, il faut le soutenir,
Si faible et passionné. De lui se souvenir
Malgré sa peau ombrée, son parfum de cuivre.
Etre son fantasme, dans son désir, vivre.

Heure chaude

Je crois qu'il était tard, à l'écoute des heures
Sa main semblait vernie, comme un tableau de fleurs
Ses yeux aux reflets verts s'égaraient dans l'instant
Telle une étoile nue dans une mer d'argent

Il était semble-t-il invité dans ce temps
Où la rose et le thym mêlent tous leurs encens
Et comme un jeune hôte, il goûtait la splendeur
De ce jardin gravé de magiques couleurs

Dans un geste muet, il semblait prendre vie
Hésitant à jouer une scène d'esprit
J'ai vu perler de cire son souffle d'enfant

J'ai su sa défaillance dans son sourire gris
Il montrait provoquant l'écho de son envie
Il était bien trop tard, à l'attente de l'heure ...

Le retour d’Henri

H**ENRI RE**vient de loin, de par monts et par vaux,
Il goûta sur son **ERRE**, au plaisir du **RIS** de veau,
Contempla des **IRIS** qui dominaient les **ERS**,
Sans craindre les **RISEES** qui battaient dans l’**ISERE**.

H**ENRI RE**joint les siens, traîné par cent chevaux,
Son cœur en lui **SE SERRE**, croisé en écheveau,
De retour triomphant, **SI** fier et sans **IRE**,
Il les salue bien bas, lui humble et noble **SIRE**.

H**ENRI RE**vit chez lui, chassant tous **SES** rivaux,
Il savoure réjoui d’être deux à nouveau,
Son amour **IRISE** respire cette terre,

H**ENRI RE**pose enfin, bien **SIS** dans son caveau,
Par comble il fût tué d’un rhume de cerveau,
Sa veuve dite éplorée, se consola d’**EN RIRE**…

Lettre à deux tourtereaux

Puissiez-vous déployer vos ailes vers un horizon azuré,
Que votre envol soit accompagné d'un grand bonheur
Qui vous aidera à traverser les temps et les écueils.
Sachez éviter les nuages floconneux,
Et en jouer plutôt que d'y plonger.
Laissez couler la pluie sur vos plumes serrées.
Laissez-vous bercer par les zéphyrs audacieux,
Empreints de parfums et de rêves.
Que votre union devienne le berceau moelleux de vos oisillons.

Noir et blanc

Tu vis dans ces cités qui cachent le soleil,
Ta vie c'est ton foyer, ta femme, ton enfant.
Même si l'oiseau bleu ne chante ton réveil,
Si les murs sont si gris lorsque tu les surprends,
Ton corps bat encore de son encre vermeille,
Et dans ta peau de noir, chaud et rouge est ton sang.
Pourtant ce pays n'est pas celui des merveilles,
Tu devras travailler tant pour si peu d'argent,
Et combattre en ton nom le secret que tu veilles,
Celui de ta couleur, celle de l'innocent.

Mais pourquoi vivre noir, lorsqu'il faut vivre blanc ?
Mais pourquoi vivre vieux, lorsqu'il faut vivre enfant ?
Et pourquoi vivre à deux, si l'amour est en sang ?

Et si le jour entend la haine dans ton cœur,
S'il t'arrive d'hurler la rage dans ta chair,
Ne crois pas la honte, ni la mort dans tes pleurs.
C'est à toi d'exister, de vivre moins amer,
C'est à toi de lutter comme ces gladiateurs.
Car du plus loin de toi, tu viens d'une autre terre,
Une terre fleurie, où poussait le bonheur,
Et de son chant précieux, tu sais encore les vers.
Tu as dans ton jardin, semé l'unique fleur.
Ce souvenir tu sais, apaise ta colère.

Mais pourquoi vivre noir, lorsqu'il faut vivre blanc ?
Mais pourquoi vivre vieux, lorsqu'il faut vivre enfant ?
Et pourquoi vivre à deux, si l'amour est en sang ?

Mots d’amour

Les mots n'ont plus la force, tant ils furent dits
Comment parler d'amour, quand le verbe est sans vie
Le langage des chairs, conte bien plus l'envie
Que les lettres d'amants, ardentes mélodies.
Les mots ne signent plus, l'élan de la passion
Ils se voilent de sens, se teintent de frissons
Mais le geste plus vif; fait sa déclaration
Montrant sa peau gravée, à l'encre, Cupidon.

Parce que

Parce que **je rêve la tendresse d'un sourire**
Parce que **je vois la tristesse de ces bouches**
Parce que **je sais les chants sublimes du partir**
Parce qu’une **passion doit mourir farouche**

Je me demande pourquoi ?
Pourquoi la couleur du désir?
Pourquoi les parfums de l'envie?
Puisque je crois que se déchire
Chaque émotion que je trahis

Parce que **je veux comprendre les rides des vieux**
Parce que **je refuse la laideur du passé**
Parce que **la rage d'aimer blesse les cieux**
Parce que **la haine n'en saigne pas assez**

Qu’attendre…

Qu'attendre est pieux sommeil, si rien ne le rend beau.
Aux vices du réveil je puise ma violence,
Sur mon amour je veille, afin qu'il soit patience.
Il n'est pour cet éveil, aucun chant, aucun mot.

Qu'attendre est rouge sang, si rien ne le rend pâle.
A la brèche du temps, le drame se déchire,
Sur la plaie se répand l'écume des plaisirs.
Tu m'es ainsi présent, si faible, si fatal.

Je cherche sans cesse ce souvenir de toi,
Je signe tristesse sur l'écorce des bois,
Je serai déesse, si toujours tu désires.

L'esprit flou du rêveur sait le sens du destin.
Les contes sans douleur n'existent qu'un matin.
L'attente a la couleur de tous ces jours sans maux.

22 DECEMBRE,

Nous gribouillons des mots incompréhensibles Sur nos cahiers d'écoliers Jaunis par les temps de l'incertitude ...

Lorsqu'en ce jour sacré
Divine étoile luit,
L'hymne des anges tait
La douleur les soucis.
Les rires consacrés
Résonnent dans la nuit.

Lorsque le songe blanc
Berce l'ivresse rouge
Des valses dont troublants
Sont les mâles ravages,
Revient alors le temps
Des airs un peu volages.

Lorsque s'illuminent
Les guirlandes de feux,
Murmurent les clarines
Les cantiques de Dieu.
Créatures câlines,
Réalisez leurs vœux.

Et lorsque solennel
L'enfant avec aisance
Recueille l'éternel
Aveu de sa naissance,
Il contemple les ailes
Du destin délivrance.

Lorsque brûle l'encens
Des églises austères,
Les orgues insouciants
Entonnent *notre père*.
Se brise alors l'étang
Du parme et froid éther.

Lorsque baille l'azur
Et resplendit un monde
Ou les âmes trop pures
Admirent cette ronde,
Noël dans sa parure
De sa lumière inonde.

J’ai désiré

J'ai désiré apprendre ce que mon âme a oublié
Ce que le temps a dissipé aux dédales superbes.
J'ai désiré cette singulière émotion
Cette tentation troublante de vaincre
Les turbulences saines d'un esprit égaré.
J'ai désiré apprendre à sourire sans tricher
Comprendre la saveur amère de mes larmes.
J'ai désiré vivre sans souffrir
Mes rêves d'enfant passionnée.
Et je sais maintenant que le bonheur existe,
Derrière une fleur naissante,
Au fond d'un regard noir,
Sur les pages jaunies d'un poète amoureux,
Dans les herbes sauvages des pâtures d’espoir.
J'ai désiré souvent,
Je désire pourtant.

Frissons

Je l'observe méticuleusement
Avec l'avidité d'un jeune amant.
Les yeux fermés, j'en croque les contours.
Je trace du bout des doigts ses détours.
Je la caresse délicieusement.
Avec tendresse, j'abuse du moment.
Précieuse, telle un écrin de velours
J'en goûte la tiédeur, et la savoure…
Ma langue s'attarde négligemment,
Décidée, guette l'entrebâillement.
De rage et de jouissance, je l'entoure.
J'y plonge, je m'y délecte un peu gourd.
J'insiste, maladroit, mais conquérant
Jusqu'à ressentir l'autre défaillant !
Je me sens comme un Prince dans sa cour,
Si fougueux qu'à son émoi je suis sourd.
Je n'ose pas rompre l'envoûtement,
Je m'égare et salive, frissonnant.
Nos bouches fondent et vibrent au grand jour
Esquissant leur premier baiser d'amour…

Le coq et la souris

Un coq au panache flamboyant
Faisait le beau à travers champs,
Il se pavanait majestueusement
L'allure fière, le cou au vent
Il se prenait pour le maître de séant.
Chaque soir il chantait en riant,
Une particularité de ce coq pédant
Ce qui le rendait connu des manants.
De mille lieues, on venait pour son chant
Qui ma foi, était fort étonnant !
Un coq qui rit en chantant !
Ça ne le rendait pas moins élégant !
Une souris entendit parler de lui,
Curieuse, elle voulut voir la coquetterie.
Elle parcourut les chemins sans répit
Sans même manger un grain de riz.
Elle fila dans les blés en épi
Suivant assidûment du coq, le cri.

Après avoir traversé en courant le pays,
La souris fut comblée par tant d'harmonie
Elle resta devant le coq, ébahie.
Elle n'en croyait pas ses oreilles de Minnie.
Elle s'adressa alors pompeusement à lui,
Lui quémandant de devenir son amie.
Le coq fier ne s'abaissa pas devant elle
Et fit mine de ne pas entendre la donzelle.
Vexée, la souricette se fit rebelle
Et d'un coup mordit le coq à son orteil,
Lui extirpant une voix de crécelle.
Le coq blessé dans son orgueil
Se tut, et ferma à jamais son bec.

Moralité : on ne refuse pas l'amitié d'un admirateur
Quant on est admiré.

Rêve

Blottie fébrilement, je guette le moment
Où le sommeil se rend à l'éveil éphémère.
Profond et affirmé, le rêve se libère.
Là, le grave à l'âme, la pensée se suspend.

A l'envers de la nuit, le songe s'épanouit.
Les heures s'emmêlent aux faiblesses des sens.
Les décors s'échangent, s'enlacent avec aisance.
Les choses s'insinuent entre veille et repli.

Le geste s'alourdit, sirupeux et dolent.
Les mots se lient selon l'humeur et ses accents.
Les visages voilés convoitent le mystère.

Le verbe se vrille, l'histoire s'obscurcit.
L'esprit vire et vole, puis enfin s'assoupit.
Il reste un souvenir, comme une évanescence…

Mon ange

Que reste-t-il de toi ? Une poussière, une âme,
Toi que je protégeais, petit être fœtal,
Toi qui comptais sur moi pour ne pas avoir mal.
Nous nous aimions déjà quand vint ce fatal drame.

Que reste-t-il de toi ? Un prénom, une image,
Un' profonde douleur nichée dans mes entrailles.
Je devinais ton corps sans y voir cette faille,
Ce qui rongeait tes chairs y signant ses ravages.

Je te gardais blotti dans mes rondeurs de femme.
Je n'ai pas refusé qu'on éteigne ta flamme.
Dans mes veines coulait le liquide létal.

Je n'ai pas supporté l'idée de ton naufrage,
Dans ce geste d'amour, j'ai trouvé du courage.
Que reste-t-il de toi ? Dans ma vie, une entaille.